휴 먼 앤 솔 러 지

사랑 편

사랑 마저 닮아가고 있네요

김 이 섭

신세림 출판사

사랑마저 닮아가고 있네요

김 이 섭

머리글

이 세상에서 가장 아름다운 단어는 사랑이 아닐까요?

누구나 사랑이라는 말만 들어도 가슴이 뛰고 벅차오릅니다. 사랑을 경험해본 사람은 사랑을 그리워하게 되고, 사랑을 경험해보지 못한 사람은 사랑을 꿈꾸게 됩니다. 사랑 때문에 상처를 입은 사람도 다시금 사랑을 통해 치유를 얻게 됩니다.

살다 보면 가끔 이럴 때가 있습니다. 날씨가 춥지도 않은데 공연히 옆구리가 시릴 때가. 누구한테 야단을 맞은 것도 아닌데 괜스레 마음이 서글퍼질 때가. 슬픈 영화를 보지도 않았는데 나도 모르게 눈물이 흘러내릴 때가.

혹시 여러분은 이런 사랑을 믿고 계십니까? "찔리더라도 상처가 나더라도 사랑할 거야. 아프더라도 맘이 괴롭더라도 사랑하고 말 거야. 그 사람이 내 사랑이니까."

이 시집을 통해 이런 사랑을 이야기하고 싶었습니다. 진정한 사랑에 대해 함께 생각하고 함께 느껴보고 싶었습니다.

"처음에 우린 끔찍하게 달랐었지요.
그런데 지금은 끔찍하게 닮아가네요.

얼굴도 닮아가고
생각도 닮아가고
습관도 닮아가네요.

앞으로 얼마나 더 닮아갈까요.

이러다가
우린 정말 쌍둥이가 되는 건 아닐까요.

이젠 사랑마저 닮아가고 있네요."

이 작은 시들을 귀엽게 봐주시고 예쁘게 만들어주신 신세림
출판사의 이혜숙 대표님, 그리고 편집부 여러분에게 진심으로
감사의 인사를 드리고 싶습니다.

2015년 12월 김이섭

목 차

Love

| 두울 |

슬픈 가슴앓이 ... 이별

| 세엣 |

그리움 외로움 ... 그리고 상처

Love

Love

| 하나 |

그럼에도 불구하고 너니깐 ... 사랑

가시고기

고기가 물을 떠나 살 수 없듯
자식이 부모를 떠나 살 수 없다.

적어도 어릴 때는 그렇다.

그런데 어쩌면
부모가 자식을 떠나 살 수 없는 건지도 모른다.

어느덧 세월이 흘러
부모가 된 자식은 아주 조금씩 깨달아간다.

자신의 어린 시절이 왜 그토록 행복했는지.

부모는 그렇게 자식의 가슴속에
소중한 선물을 남겨놓는다.

인생의 수수께끼를 푸는
아주 예쁜 사랑의 열쇠를.

결혼은

결혼은

반려자를
또 다른 나로 만드는 게 아니라

반려자와 더불어
내가 온전하게 거듭나는 것.

서로의 꿈을 함께 그려내는 것.

그리하여
너와 내가 하나가 되고
그렇게 우주가 하나가 되는 것.

그 사람이 내 사랑이니까

찔리더라도
상처가 나더라도
사랑할 거야.

아프더라도
맘이 괴롭더라도
사랑하고 말 거야.

그 사람이 내 사랑이니까.

그대로 인해 나는 행복하노라

파아란 하늘 아래서

때로는
검푸른 하늘 아래서

그대로 인해
나는 행복하노라.

푸르른 벌판 위에서

때로는
황량한 벌판 위에서

그대로 인해
나는 행복하노라.

사랑하는 그대 곁에서

그대로 인해
진정 나는 행복하노라.

고백

지금이
바로 그때야.

그러니
망설이지 말고
말해보렴.

지금은
두 번 다시
돌아오지 않아.

그대 미소처럼

사랑이 타오른다.
불꽃처럼.

사랑이 눈부시다.
햇살처럼.

사랑이 영롱하다.
이슬처럼.

사랑이 싱그럽다.
풀잎처럼.

진정 사랑이 아름답다.
그대 미소처럼.

기도

내 작은 영혼을 불살라
세상을 밝힐 수만 있다면

난 기꺼이 등불이 되겠습니다.

내 사랑이 흐르고 흘러
그대에게 닿을 수만 있다면

난 기꺼이 강물이 되겠습니다.

내 노래가 아름다운 선율로
그대의 심금을 울릴 수만 있다면

난 기꺼이 메아리가 되겠습니다.

내 사랑이 아득한 시련을 넘어
그대의 사랑으로 거듭날 수만 있다면

난 기꺼이 이름 모를 꽃이 되겠습니다.

길

오직 너에게로 향한 길이었다.

수만 갈래로 갈라지고
천 길 낭떠러지에 가로막혀도

모든 길은 너에게로 향해 있었다.

어느 길을 들어서도
너에게서 멀어지지 않았다.

오늘도 나는 묵묵히 길을 걷는다.

이 길 끝에 네가 서 있다.

꽃

향기가 없어도 좋다.
꾸미지 않아도 좋다.

산에 핀 꽃이나
들에 핀 꽃이나

모든 꽃이 아름답다.

그리하여

내 마음속에
찬란하게 피어나는
사랑의 꽃을
그대에게 바치노라.

난 네가 좋아

난 너의 해맑은 미소가 좋아.

너의 포근함이 좋고
너의 솔직함이 좋고
너의 잔잔함이 좋아.

난 네가 정말 좋아.

사실은
아무 이유 없이
그냥 네가 좋아.

너는 참 곱다

너는 결이 참 곱다.

너의 살결도
너의 숨결도
더없이 곱다.

그래,
너의 마음은
비단결처럼 곱디곱구나.

너 그거 아니

너 그거 아니.

내겐 네가 전부라는 거.
난 너밖에 없으니까.

근데 너 그거 아니.

내가 두려워하고 있다는 거.
내가 가진 전부를 잃을까 봐.

그래서
널 잃으면
정말 살 수 없을까 봐.

너는 알고 있니

너는 알고 있니.
내가 널 사랑한다는 거.

너도 알고 있니.
네가 날 사랑한다는 거.

그런데 이건 알고 있니.
우리 사랑이 영원하리라는 거.

너를 보면 볼수록

너를 보면 볼수록
너를 알면 알수록
너를 생각하면 할수록

너는 내게 축복이어라.

너를 생각만 해도

너를 생각만 해도
가슴이 따뜻하다.

너의 생각만으로도
온 세상이 따뜻하다.

내가 웃잖아

내가 웃잖아.
네가 좋아서.

내가 울잖아.
네가 보고파서.

난 떠날 거야.
너를 찾아서.

그리고 다시 돌아올 거야.
너를 만나서.

내게 말하라

내게 말하라.

사랑이
밀물처럼 차오르더냐.
샘물처럼 솟아나더냐.

아니면
눈물처럼 흘러내리더냐.

너와 함께라면

너와 함께라면

광활한 벌판을
마음껏 내달려도 좋다.

드넓은 하늘을
두둥실 떠다녀도 좋다.

기나긴 밤을
하얗게 지새워도 좋다.

너와 함께라면.

넌 참 좋겠다

넌 참 좋겠다.

난 네 거니까.

해바라기처럼
별바라기처럼
그저 너만 바라보니까.

너도 좋지.

내가 네 거라는 게.

눈을 뜨면

해가 뜨면
해바라기가 반기고

달이 뜨면
달맞이꽃이 반긴다.

그리고
눈을 뜨면
온 세상이 반긴다.

둘이 아닌 하나

사랑하고 싶은 마음과
사랑받고 싶은 마음은
둘이 아닌 하나다.

보고 싶은 마음과
기다리는 마음은
둘이 아닌 하나다.

함께 나눈 시간과
함께 나눌 시간은
둘이 아닌 하나다.

그러기에
만남과 헤어짐 또한
둘이 아닌 하나다.

마법

누구라도
마법에 걸리면
어쩔 도리가 없다.

그저 사랑할 뿐.

마법의 주문

누구나
마법에 걸리면
사랑해야 해.

근데
마법의 주문은
어렵지 않아.

사랑한다고
말만 하면 되니까.

만남

그건 행운이었다.

아니, 축복이었다.

너를 만난 건.

너를 만난 뒤로
모든 게 변했다.

단 하나
변하지 않은 건
우리 사랑이었다.

못난이 사랑

아무리 흔들어도
언제나 제자리로 돌아오는
그네 같은 사랑이었으면 좋겠습니다.

아무리 넘어져도
언제나 다시금 일어서는
오뚝이 같은 사랑이었으면 좋겠습니다.

아무리 어두워도
언제나 갈 길을 밝혀주는
등대 같은 사랑이었으면 좋겠습니다.

아무리 미워도
언제나 미소를 잃지 않는
못난이 같은 사랑이었으면 좋겠습니다.

바보 같은 사랑

바보 같은 사랑이라도 좋다.
멍텅구리 같은 사랑이라도 좋다.

그대를 위한 사랑이라면
눈먼 사랑이라도 좋다.

그대를 위해서라면

차라리
바보가 되어도 좋다.
멍텅구리가 되어도 좋다.

바람

난 그대의 그릇이고 싶습니다.

그리하여
내 작은 가슴속 깊이
그대의 사랑을 정성껏 담아내겠습니다.

난 그대의 연필이고 싶습니다.

그리하여
하이얀 종이 위에
그대의 꿈을 예쁘게 써내려가겠습니다.

난 그대의 베개이고 싶습니다.

그리하여
그대가 지치고 힘들 때
그대의 영혼을 편히 쉬게 하겠습니다.

난 그대의 빛이고 싶습니다.

그리하여
어둡고 험한 세상에서

그대의 인생길을 환히 밝히겠습니다.

설령 빛이 아니라 하더라고
기꺼이 그대의 그림자가 되겠습니다.

그리하여
영원히 그대 곁에 머물겠습니다.

봄을 닮은 너

봄은
너를 닮았나 봐.

너의 미소가
봄꽃처럼
예쁘게 피어나니까.

아니, 가을이
너를 닮았나 봐.

너의 미소가
단풍처럼
곱게 물들어가니까.

사랑 바라기

낮에는
해바라기.

밤에는
별바라기.

난 항상
너만 바라보는
사랑 바라기.

그래서
너 없인 살 수 없는
바라기 바보.

사랑마저 닮아가고 있네요

처음에 우린 끔찍하게 달랐었지요.
하지만 지금은 끔찍하게 닮아가네요.

얼굴도 닮아가고
생각도 닮아가고
습관도 닮아가네요.

앞으로 얼마나 더 닮아가게 될까요.

이러다가
우리 정말 쌍둥이가 되는 건 아닐까요.

이젠 사랑마저 닮아가고 있네요.

사랑만큼은

나를 사랑하자.
무한히 사랑하자.

그래서 사랑만큼은
절대 빼앗기지 말자.

나는 소중하니까.

사랑은 연옥이다

그대에게 사랑은 무어더냐.

이제야 밝히노니
사랑은 연옥(煉獄)이다.

천국에 들어가기 위해
영혼을 정화시키는.

사랑싸움

져도 이기고
이겨도 지는
이상한 싸움이 있다.

평소에는 잘 하지 않다가도
한번 싸우면 꽤 오래가기도 한다.

싸움을 거는 쪽은
항상 위험부담이 있다.

공연히 싸움을 걸었다가는
본전을 추리지 못할 때가 많다.

가끔은
감정싸움으로 변하기도 한다.

한쪽이 눈물을 보이면
싸움은 이내 끝이 난다.

크게 보면
지는 게 이기는 거다.

져야
위로 받고
더 많이 얻기 때문이다.

심지어
다음에 싸울 때는
우선권이 주어진다.

싸우는 이유는 단 하나.
서로 사랑하기 때문이다.

서로
사랑을 확인하기 위해
싸우는 거다.

그래서 싸움판은 사랑판이다.

어쩌면
이들은 싸우는 게 아니라
치열하게 사랑하고 있는 건지도 모른다.

사랑은 1

사랑은
활짝 피어나지 않고
살포시 머금는 것이다.

사랑은
거칠게 흔들리지 않고
정겹게 떨리는 것이다.

사랑은
가득 채우지 않고
온전히 비우는 것이다.

사랑은
익숙해지지 않고
항상 새롭게 느끼는 것이다.

사랑은
완벽하기를 바라지 않고
있는 그대로를 받아들이는 것이다.

사랑은2

사랑은
움켜쥐는 것이 아니라
자유롭게 놓아주는 것이다.

사랑은
약삭빠른 것이 아니라
한없이 어리석은 것이다.

사랑은
영원을 기약하는 것이 아니라
순간을 영원히 간직하는 것이다.

사랑은
달콤한 잠에 빠져드는 것이 아니라
불면의 밤을 함께 지새우는 것이다.

사랑은
살기 위해 발버둥치는 것이 아니라
기꺼이 함께 파멸하는 것이다.

사랑의 역설

당신 때문에 못 산다는 건
당신 없이는 못 산다는 말입니다.

더 이상 당신이 보기 싫다는 건
항상 당신이 보고 싶다는 말입니다.

이제는 당신을 잊겠다는 건
영원히 당신을 잊지 않겠다는 말입니다.

당신 같은 사람을 처음 봤다는 건
그만큼 당신이 특별한 존재라는 말입니다.

사람들이 당신을 멍청하다고 하는 건
당신이 사랑에 눈이 멀었기 때문입니다.

사랑의 완성

사랑에 중독되면

시시포스의 신화처럼
평생을 사랑해야 한다.

그러니 어쩌겠는가.

사랑하라.
그리고 사랑하라.

그리하여 사랑을 완성하라.
죽을 때까지.

사랑의 정의

그대는
사랑이 인생의 전부라고 생각하는가.

그렇다면 그대는
지금 사랑에 빠진 사람이다.

그대는
사랑이 인생의 일부라고 생각하는가.

그렇다면 그대는
한때 누군가를 사랑했던 사람이다.

그대는
사랑이 아무것도 아니라고 생각하는가.

그렇다면 그대는
단 한 번도 사랑을 경험해보지 못한 사람이다.

아름다운 너

너는
손이 참 아름답다.

그러나
사랑을 베푸는 손길이
더 아름답다.

세상의 모든 것들을
세상의 모든 이들을
따뜻하게 감싸는
너의 마음.

참으로
너는 아름답다.

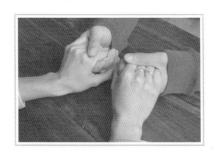

아름다운 사랑

이 세상에
사랑해야 할 이유가
너무 많아.

그래서 사람들은
서로 사랑하는 거잖아.

하지만 난
단 하나의 이유만으로도
사랑할 거야.

사랑은 아름다우니까.

약속

사랑하는 이여.

먹구름이 몰려오고
온 세상이 어두워진다 해도

내 하나
사랑하는 이로 인해
난 두렵지 않겠습니다.

그대의 숨결만으로도
그대의 눈빛만으로도

이 세상은 무한히 아름답습니다.

젊음이 사라지고
기억마저 희미해진다 해도

내 하나
사랑하는 이로 인해
난 슬프지 않겠습니다.

사랑하는 그대 곁에서
난 영원히 행복하겠습니다.

언제쯤

언제쯤
내 마음을 알아주겠니.

언제쯤
내 마음을 받아주겠니.

언제쯤
너를 사랑할 수 있겠니.

근데
정말 너를 사랑해도 되겠니.

영원한 사랑

순간을 모으면
영원이 되듯이

행복했던 순간들을 모으면
사랑을 영원히 간직할 수 있을까.

온몸으로 사랑하라

그대여, 사랑하라.

온몸으로 사랑하라.
진심으로 사랑하라.

이 세상에
아름답지 않은 꽃이 어디 있으며
소중하지 않은 삶이 어디 있겠는가.

또한 이 세상에
목마르지 않은 영혼이 어디 있겠는가.

그리하여
온몸으로 사랑하라.
진심으로 사랑하라.

세상에 존재하는 모든 것을 사랑하라.

우리가 사랑을 몰랐다면

우리가 사랑을 몰랐다면
우리에게 사랑이 없었다면

울림도 떨림도 없는
무미건조한 삶을

신의 저주라 여기며
살았을지 모른다.

운명!

우린
태어날 때부터
사랑하기로 되어 있었다.

그건 운명이었다.

그래서
죽을 때까지
그 운명을 사랑하기로 했다.

그게 우리 사랑이었다.

운명2

우린
태어날 때부터
사랑하기로 되어 있었다.

언제
사랑이 끝날지는
아무도 알 수 없었다.

그러기에
더욱 더 치열하게
사랑해야만 했다.

그게 우리 사랑이었다.

이 사랑은 어디에서

이 사랑은 어디에서 오는 걸까.
햇살처럼 영롱한.

이 사랑은 어디에서 오는 걸까.
어머니 품처럼 포근한.

이 사랑은 어디에서 오는 걸까.
풀잎처럼 싱그러운.

이 사랑은 어디에서 오는 걸까.
비가(悲歌)처럼 애잔한.

그래, 사랑이란 원래 그런 거야.

정말 고마워

정말 고마워.
항상 곁에 있어줘서.

너는 천사야.

날개 잃은 천사가 아니라
사랑하는 나를 위해
스스로 날개를 버린 천사 말이야.

정말 그렇게 믿는 거니

길을 건널 땐
조심스레 좌우를 살피잖니.

근데 왜 사랑을 할 땐
그냥 빠져버리는 거니.

운명은 절대 바꿀 수 없다고
정말 그렇게 믿는 거니.

조개껍데기

바닷가.

고운 모래 위에
조개껍데기가
하얗게 박혀 있다.

썰물이 되면

사람들은
갯벌에 들어가
조개껍데기를 줍는다.

그리고
조개껍데기를
실로 이어
목걸이를 만든다.

그녀의 목에도
예쁜 목걸이가
하얗게 걸려 있다.

자전거

두 발이면
어디든
갈 수 있어.

보고프면
언제든
말만 해.

한걸음에
너에게
달려갈 테니.

주름꽃

그대 얼굴에
주름이 피었습니다.

그런데 자세히 들여다보니

그대 얼굴에 핀 건
주름이 아니라
주름꽃이었습니다.

징검다리

하늘과 내가 맞닿은 곳.

징검다리가
개울물에 발을 담그고 있다.

해질녘이면
하늘정원에도
별들이 징검다리를 놓는다.

깊고 그윽한 밤.

조심스레
징검다리를 건너
너에게로 간다.

풋사랑

시간이
무르익어

마침내
그때가 오거든

숱한 시련을
오롯이 견뎌낸
그대 곁에서

풋사랑의 열매를
한입 베어 물리라.

치유

사랑은 추상화야.
쉽게 이해할 수 없으니까.

사랑은 퍼즐이야.
쉽게 짜 맞출 수 없으니까.

사랑은 블랙홀이야.
쉽게 벗어날 수 없으니까.

사랑은 맨살이야.
쉽게 아물 수 없으니까.

하지만 사랑은 힐링이야.
영혼마저 치유될 수 있으니까.

| 두울 |

슬픈 가슴앓이 ... 이별

건널목

길을 건널 때는
신호등을 잘 지켜야 한다.

파란불에는 건너고
빨간불에는 멈춘다.

빨간불에 건너다
자칫 목숨을 잃을 수도 있다.

그런데 지금.

빨간불이 켜졌는데도
얼마나 위험한지 잘 알면서도
이젠 정말 멈춰야 하는데도

내 발걸음이 멈추질 않는다.

지금 건너지 않으면

두 번 다시 못 볼 거 같아서.
영영 못 만날 거 같아서.
평생 후회할 거 같아서.

그랬으면 좋겠어

아주 조금만
슬펐으면 좋겠어.

내 작은 가슴이
멍들지 않게.

진짜 조금만
아팠으면 좋겠어.

내 소중한 사랑이
미워지지 않게.

이젠 조금만
사랑했으면 좋겠어.

또다시 사랑 때문에
눈물 흘리지 않게.

그런 사랑

눈물만으로
붙잡을 수 없는
사랑이 있다.

고독만으로
견뎌낼 수 없는
사랑이 있다.

새 살이 돋아나도
상처가 아물지 않는
그런 사랑이 있다.

그래서
난 널 떠나보낸다.

그대의 눈물

그대가 날 떠난다 해도
애써 외면하지는 않겠습니다.

하지만
그대의 눈물은
내 가슴 깊숙이 간직하겠습니다.

그대가 몹시 그리워지는 날.

그대의 눈물을 꺼내어
긴긴 밤을 밝히겠습니다.

그리하여
온 세상이 눈물바다가 된다 해도
끝내 눈물을 거두지는 않겠습니다.

기적소리

떠나려거든
아무 말 없이
그냥 떠나렴.

네가
서럽게 울면
나도 슬퍼지니까.

너를 보내지 않는다

바람이 불고
낙엽이 지고

그렇게 세월이 흐르고 흘러도

우리 사랑은
내 가슴에 남아

영영 너를 보내지 않는다.

너를 찾아서

문득
생각날 때가 있다.

가끔
보고 싶을 때가 있다.

몹시
울고 싶을 때가 있다.

홀연
떠나고 싶을 때가 있다.

너를 찾아서.

너만 기다릴 거 같아서

네가 떠난 뒤로
시계를 보지 않아.

시계를 보면
자꾸만
시간을 되돌리고 싶어지니까.

추억에 갇혀
그저 하염없이
너만 기다릴 거 같아서.

넌 왜 떠나려는 거니

넌 왜 자꾸
내 곁을 떠나려는 거니.

내가 싫어진 거니.

아님 두려운 거니.

지금 아니면
영영 떠나지 못할까 봐.

그래,

사랑은 버리고 가도
추억은 꼬옥 가지고 가렴.

누군가는 울고 있을 것이다

이 밤.

누군가는 울고 있을 것이다.

단 한 번도 본 적 없는 사람,
그 사람이 울고 있을 것이다.

어느 거리.

내가 모르는 그 사람은
외로움에 가슴을 묻고
야윈 눈물을 떨구며
우두커니 서 있을 것이다.

눈물방울

빗물이 흘러내린다.

그대 눈가에.

붉어진 그대 눈시울이
촉촉이 젖어든다.

지금 그대 뺨에 아롱진 방울이

눈물방울이더냐,
빗물방울이더냐.

눈시울

또다시
너의 두 눈에
우수가 짙게 서린다.

수면 위에 어리는
그림자 뒤로

내 눈시울이
절로 시리다.

봄바람에
여린 나뭇가지가
흔들리면

내 가슴도
몹시 아려온다.

두 개의 문

너는 내게서 너무 멀리 있다.

그리하여
나는 두 개의 문을 지나 너에게로 간다.

인내의 문은 굳게 닫혀 있다.

무한히 오래도록
홀로 문 앞에 서서
온갖 유혹과 시련을 견뎌야 한다.

하나의 문이 열리고
이제 또 하나의 문을 지나야 한다.

용서의 문은 쉽게 열리지 않는다.

어떤 잘못이라도
흔쾌히 받아들일 수 있을 때까지
마음을 비우고 또 비워야 한다.

마침내
두 개의 문이 열리고

너는 나를 향해 미소를 보낸다.

그러면
나는 너에게로 다가가
잔잔한 미소로 화답하리라.

무엇이 남을까

별들이 사라지면
하늘엔 무엇이 남을까.

꿈이 사라지면
인생엔 무엇이 남을까.

추억이 사라지면
사랑엔 무엇이 남을까.

그대가 떠나가면
내겐 무엇이 남을까.

사랑의 눈물

사랑은
눈물 때문에
오히려 더 강해지고

사랑의 추억은
눈물 때문에
오히려 더 또렷해진다.

사랑이 떠나고 나면

폭우가 내게로 쏟아진다.
내 몸을 잠겨버릴 듯이.
그러나 피할 데가 없다.

강풍이 내게로 몰아친다.
내 몸을 날려버릴 듯이.
그러나 잡을 데가 없다.

야수가 내게로 달려든다.
내 몸을 집어삼킬 듯이.
그러나 숨을 데가 없다.

사랑이 내게로 다가온다.
폭우처럼
강풍처럼
야수처럼.

그러나 사랑이 떠나고 나면
낙엽 하나
덩그러니
내게로 떨어진다.

서툰 사랑

그땐 몰랐다.

그게
서툰 사랑이라는 걸.

냉철함,
감정의 절제.

그런 건
안중에도 없었다.

우리에게 중요한 건
사랑뿐이었다.

정말이지 그땐 몰랐다.

사랑이 냉혹하리만치 차가워야 한다는 걸.

그때 이후로
내 심장은 조금씩 사랑을 의심하기 시작했다.

절규

지금
그대의 눈물은

내 가슴속에서
뜨겁게
진정 뜨겁게
용솟음치고 있다.

그러나
어디서도
울음소리는
들려오지 않는다.

지금 너는 나와 함께 있다

눈을 감아도
내 시선은 언제나
너를 향해 있다.

이젠 모두
지나가버린 일인 줄
알면서도

그냥 바보처럼
너를 그리워하고
또 너를 기다린다.

어떤 때는
너와 단둘이서
구름 위를 걸은 적도 있다.

어떤 때는
천사의 옷으로 갈아입고
에덴의 동산에 머문 적도 있다.

너는 떠났어도
지금 너는 나와 함께 있다.

현실이 된 추억 속에서.
꿈이 된 현실 속에서.

지금 너는 왜 내게 없느냐

강렬한 키스의 추억이
흔적도 없이 녹아내리는 이 밤.
지금 너는 왜 내게 없느냐.

그저 우두커니
고독에 널브러진 허공만 바라보는 이 밤.
지금 너는 왜 내게 없느냐.

가쁜 숨을 몰아쉬며
때 묻은 열정의 껍데기를 벗겨내는 이 밤.
지금 너는 왜 내게 없느냐.

애써 버림받지 않기 위해
누군가의 옷자락이라도 부여잡고 싶은 이 밤.
지금 너는 왜 내게 없느냐.

부질없는 가식을 던져버리고
진정코 사랑하고픈 이 밤.
지금 너는 왜 내게 없느냐.

침묵

침묵이 녹아내리는 밤.

내 기꺼이
바람결에도 침묵하리다.

세월이 흘러
사랑마저 침묵에 잠기면

나 또한
침묵하는 영혼이 되리다.

큐피드의 화살

큐피드의 화살이
너무 아프다.

심장에 박혀
숨을 쉬기조차 버겁다.

그러니 내게 말해다오.

사랑이 정녕 이러하더냐.

행여 너도 잠 못 이루는 밤이더냐

별마저 잠든 이 밤.

홀로 떠난 건 너다.
그리하여 홀로 우는 건 나다.

바람마저 잠든 이 밤.

그토록 그리운 건 너다.
그리하여 그토록 외로운 건 나다.

모두가 잠든 이 밤.

홀로 잠 못 이루는 건 나다.
행여 너도 잠 못 이루는 밤이더냐.

혼자 하는 게 아니야

혼자 좋아한다고
사랑은 아니야.

혼자 떠난다고
이별은 아니야.

사랑도 이별도
혼자 하는 게 아니야

| 세엣 |

그리움 외로움 ... 그리고 상처

갈 데가 없어

너랑 헤어진 뒤로
갈 데가 없어.

네게서 벗어나려
숨을 데를 찾았어.

그런데
아무 데도 보이질 않아.

너를 잊는 데
얼마나 오래 걸릴까.

그래도
참는 데까진
참으려고 해.

고독

밤안개가
피어오르고

회상의 그림자가
짙게 드리우거든

적막한 외로움에
가슴 저려도 좋다.

때로는
눈물 흘려도 좋다.

차라리
온몸으로
그리워해도 좋다.

가끔은 이럴 때가 있다

가끔은 이럴 때가 있다.

날씨가 춥지도 않은데
공연히 옆구리가 시릴 때가.

가끔은 이럴 때가 있다.

누구한테 야단을 맞은 것도 아닌데
괜스레 마음이 서글퍼질 때가.

가끔은 이럴 때가 있다.

슬픈 영화를 보지도 않았는데
나도 모르게 눈물이 흘러내릴 때가.

겁쟁이

그래, 난 변덕쟁이야.

너랑 함께 있다 헤어지면
금방 우울해지니까.

그래, 난 심술쟁이야.

네가 다른 사람한테 웃음을 보이면
괜히 기분이 나빠지니까.

그래, 난 개구쟁이야.

너랑 같이 노는 게
너무 재미있으니까.

그래, 난 거짓말쟁이야.

너를 사랑하면서도
전혀 티를 내지 않으니까.

그래, 난 깍쟁이야.

나 혼자서만
너를 독차지하려고 하니까.

근데 사실 난 겁쟁이야.

혹시라도 너를 잃을까 봐
항상 두려워하니까.

꼭 그렇지만은 않은 거 같아

너를 완전히 잊었다고 생각했는데
꼭 그렇지만은 않은 거 같아.

네가 정말 미워 죽겠다고 생각했는데
꼭 그렇지만은 않은 거 같아.

너보다 멋진 남자를 만날 수 있을 거라고 생각했는데
꼭 그렇지만은 않은 거 같아.

이제는 우리 사이가 영영 끝이라고 생각했는데
꼭 그렇지만은 않은 거 같아.

어쩌면 우리 사랑은
지금 다시 시작되고 있는지도 몰라.

아픈 만큼 미워한 만큼.

그대의 기억

꽃이 꺾이는 것보다
시드는 게 더 슬프고

사랑이 깨지는 것보다
변하는 게 더 슬프다.

그리고 나의 인생이 끝나는 것보다
그대의 기억에서 사라지는 게 더 슬프다.

기러기

희뿌연 하늘.

기러기들이
떼 지어
끼룩끼룩
날고 있다.

짝 잃은 외기러기.

저 혼자
멀리 떨어져
한층 더 구슬프게
울어댄다.

나도 한땐 사랑했었다

나도 한땐 사랑했었다.
죽도록.

그리고 한땐 미워했었다.
죽도록.

이제는 그땔 그리워한다.
죽도록.

내 마음

호수에 달이 잠기면
내 마음도 따라 잠기고

호수에 바람마저 잠들면
내 마음도 따라 잠든다.

외로운 낙엽 하나.

호수 위에 떠 있다.

그리운 호수 위에
내 마음도 띄워본다.

너도 아프더냐

흐르는 세월이 아프고
고달픈 인생이 아프다.

아직 이루지 못한 꿈에
지금도 나는 아프다.

가끔은 아무 이유 없이.

이 세상에
아프지 않은 사람이 어디 있더냐.

그래, 너도 아프더냐.

너랑 꿈속에서

어젯밤
꿈속에서
난 정말 행복했어.

근데 현실은 왜 다른 걸까.

꿈이 현실이 되면

더 이상 꿈을 꿀 수 없을까 봐
그러는 걸까.

네가 너무 보고 싶어

네가 너무 보고 싶어

연필로 종이 위에
너의 얼굴을 그리면

어느새 넌 내 마음에 그려져 있다.

단 한 번만이라도

단 한 번만이라도
내게 보여다오.

너의 다정한 미소를.

단 한 번만이라도
내게 들려다오.

너의 다정한 속삭임을.

그러면 나는 네게 말하리라.
너로 인해 진정 행복했노라고.

미안해

미안해.
너한테 잘해주지 못해서.

고마워.
언제나 내 곁에 있어줘서.

사랑해.
그런 네가 정말 좋아서.

그래서 더 미안하고 고마워.

문득 외로울 때가 있다

길을 걷다 보면
문득 멈추고 싶을 때가 있다.

분명 가야할 곳이 있는데도
잠시 쉬고 싶을 때가 있다.

인생을 살다 보면
문득 멍해질 때가 있다.

분명 살아 숨 쉬고 있는데도
왠지 죽은 것처럼 느껴질 때가 있다.

사랑을 하다 보면
문득 외로울 때가 있다.

분명 뜨겁게 사랑하고 있는데도
왠지 혼자라는 생각이 들 때가 있다.

물안개

물안개.

너와 내가 맞닿은 곳.

물안개가 피어오르면

우리의 사랑도
부스스 잠에서 깨어나

모락모락 피어나리라.

바다

추울 땐
우리가 함께했던
그때 그 바다를
떠올려보렴.

그럼
따뜻한 추억이
물밀듯이
밀려올 테니까.

박꽃

순백의 지조.

고요한 달빛 아래
해맑게 피어 있다.

차마 부끄러워
밤에만 피는 꽃.

속절없는 기다림이
무색하기만 하다.

이쯤에서

가슴속 깊이 스며드는 그리움은
어쩌란 말이냐.

까닭 없이 흘러내리는 눈물은
또 어쩌란 말이냐.

그러니 한번쯤은

너의 다정한 눈길
너의 다정한 목소리.

이쯤에서 보여줄 때도 되지 않았니.
이쯤에서 들려줄 때도 되지 않았니.

사랑이 변하면

사랑이 변하면
미움이 된다고 한다.

그러니 두렵다.

사랑이 달리 변할 수는 없는 걸까.

사진

아무리
빛이 바래도

오래도록
추억으로 남아

그리움에
가슴 저리게 한다.

상처 입은 영혼

나에게 상처를 줄까 봐
날 사랑하지 않는 거니.

아니면
너에게 상처를 줄까 봐
날 사랑하지 않는 거니.

어쩌면
넌 이미 상처 입은 영혼인지도 몰라.

조금만 더

조금만 더 비우자.
조금만 더 내려놓자.

그게 사랑을 위한 거라면

조금만 더 참자.
조금만 더 용서하자.

그래.

진정 사랑할 수 있을 때까지
조금만 더 사랑하자.

중독

지독히도
무서운 게 있다.

한번 빠지면
헤어나오지 못한다.

그런데도
자꾸만
빠져드는 게 있다.

누구라도
한번 빠지게 되면

불나방처럼
죽음조차
마다하지 않는다.

그러니
세상에서
가장 무서운 건
치명적인 사랑이리라.

지우개

지우개는
종이 위에 쓴 건
모두 지울 수 있는데

어째서

내 마음에
써넣은 사랑은
지우지 못하는 걸까.

파도

파도가 일렁이면
내 마음도 일렁인다.

파도가 부서지면
내 마음도 부서진다.

파도가 밀려오면
내 마음에도
차디찬 고독이 밀려온다.

고독이 파도가 되어.

천만번

천만번을 후회해도
이젠 어쩔 수 없어.

너랑 천만년을
함께할 줄 알았는데.

천만금을 준다 해도
바꿀 수 없는 너.

너를 뒤로하고 떠나는
내 발걸음은 천만근.

그래도 추억은 남으니까
천만다행이라고 생각해.

추억

그대가 떠난 뒤
오랜 시간.

그대가 잊혀진 줄 알았습니다.
정녕 잊혀진 줄 알았습니다.

그런데
자세히 보니

그대가 잊혀진 게 아니라
내가 추억이 되어 있었습니다.

홀로 있다는 건

홀로 있다는 건
외로운 거다.

홀로 누군가를
그리워한다는 건
정녕 외로운 거다.

그러나 생각해보라.

그리워할 누군가가 있다는 것.

그건 실로
행복한 일이다.
가슴 벅찬 일이다.

외로움은
무상한 공백이 아니라
무한한 여백이다.

퍼즐

이제 한 개의 퍼즐만 남았다.

사랑이라는 말만 들어도
왜 가슴이 뜨거워지는지.

이 비밀을 풀지 못하면
인생은 영원한 수수께끼로 남는다.

호수로 가라, 안개가 내릴 때는

호수로 가라,
안개가 내릴 때는.

그윽이 피어나는 안개꽃.

무향의 내음에 흠뻑 취해
세사(世事)의 시름을 잊노니.

호수로 가라,
바람이 불 때는.

길 잃은 나그네.

바람 따라 구름 따라
정처 없이 떠도노니.

호수로 가라,
낙엽이 질 때는.

앙상한 낙엽 하나.

외로운 돛단배 되어

그대에게로 가노니.

호수로 가라,
마음이 울적할 때는.

지쳐 가여운 영혼.

가히 의지할 데 없어
그대 품에 안기노니.

호수로 가라,
누군가가 그리울 때는.

호수가 그리울 때는
그에게로 가라.

사랑하는 이에게로 가라.

외로움

낙엽이 다 지고 나면
나무는 정녕 외로울까.

새들이 다 떠나고 나면
숲은 정녕 외로울까.

젊음이 다 가고 나면
사랑이 다 떠나고 나면

인생은 정녕 외로울까.

혹시나

혹시나
그대인가 했습니다.

역시나
바람일 뿐이었습니다.

언제나
그대이기를 바랐습니다.

| 네엣 |

또 다시 설레임 ... 그래도 사랑

그대가 내 곁에 있으면

그대가 내 곁에 있으면
포근히 감싸줄 텐데.

아픈 상처가 아물 수 있게.

그대가 내 곁에 있으면
꼭 잡고 놓지 않을 텐데.

다시는 헤어지지 않게.

그대가 내 곁에 있으면
예전처럼 그렇게 사랑할 텐데.

우리의 사랑이 영원할 수 있게.

너는 내게 무엇이더냐

쉽지 않은 일이다.
너에게 다가가기가.

너는 항상 내게서 멀리 있었다.

정말 쉽지 않은 일이다.
네게서 돌아서기가.

언제부턴가 너는 항상 가까이 있었다.

그러기에 묻는다.

너는 내게 무엇이더냐.
또 나는 네게 무엇이더냐.

두려움 없는 사랑

눈물이
채 마르기도 전에

또다시
내게 다가오지 마라.

상처가
채 아물기도 전에

또다시
나를 유혹하지 마라.

지금 내게 남은 건
썩어 문드러진 심장뿐이다.

사람들은 말한다.

사랑의 상처는
오직 사랑만이
치유할 수 있다고.

진정 나는 믿고 싶다.
그래서 다시금 사랑하고 싶다.

너는 이미

문득
돌아보니
네가 보이지 않아.

그래.

너는 이미
내 가슴속에
들어온 지 오래니까.

달콤한 사랑은 가라

달콤한 사랑은 가라.
블랙커피처럼 쓰디쓴 사랑이면 어떠냐.

익숙한 사랑은 가라.
이방인처럼 낯선 사랑이면 어떠냐.

우아한 사랑은 가라.
수세미처럼 거친 사랑은 어떠냐.

화사한 사랑은 가라.
가을비처럼 음울한 사랑은 어떠냐.

그래야
사랑이 진정 사랑이지 않더냐.

널 만난 뒤로

널 만난 뒤로
난 너만을 바라보고 있어.

널 만난 뒤로
난 너만을 생각하고
너만을 사랑하고 있어.

널 만난 뒤로
어느새
난 내가 아닌 내가 되어 있어.

다시 새롭게

그래.

끝날 때까지
끝난 게 아니잖아.

우리 사랑도
마찬가지야.

끝난 게 아니라
다시 새롭게
시작하는 거야.

처음 만난 것처럼.

사랑의 무게

사랑이라는 말만 들어도
가슴이 뛰어.

아무리 억누르려 해도
주체할 수 없잖아.

두근두근.

그래서
사람들은
사랑의 무게가
네 근이라고 하잖아.

그런데
누가
가슴의 무게를 잰 걸까.

한시도 가만있지 않고
마구 뛰는데 말이야.

사랑의 불씨

우리 사랑의 불씨는
아직 꺼지지 않았어요.

그래요.

조금만 더 참고
조금만 더 기다리기로 해요.

눈비에도
강풍에도
사랑의 불씨를 지켜나가요.

그럼
언젠가는
우리 사랑도 활활 타오를 테니까요.

사랑이 다시 시작되면

사랑이 다시 시작되면

지나간 사랑은
누구에게나
아련한 추억으로 남는다.

마치
새살이 돋아난 상처처럼
아련하게.

사랑이 두렵다

새삼 두렵다.
누군가를 사랑한다는 게.

정녕 두렵다.
누군가의 사랑을 받는다는 게.

그 누군가는
사랑의 마법에 빠져
고통에 잠식된 채
긴긴밤을 지새워야 한다.

그러니 사랑은
절대선(絶對善)이어야 한다.

그리하면
진정 사랑에 눈먼 자는
새로운 세상에 눈을 뜨게 되리라.

사랑하려거든

그대여.

사랑하려거든
사자의 심장을 품어라.

그리하여
아무 두려움 없이
사랑을 시작할 수 있게.

그러니 그대여.

사랑하려거든
악어의 눈물을 흘려라.

그리하여
아무 고통 없이
사랑을 끝낼 수 있게.

어쩌다

어쩌다 당신을 만났습니다.
그러다 당신을 사랑하게 되었습니다.

이러다 당신 없이 못 사는 건 아닐까요.

용기

홀로 남은 자는
누구나 고독하나니.

그러니 두려워 말라.

이별이 두려운 자는
사랑을 할 수 없나니.

그러니 오로지 사랑하라.

그냥 사랑하라

보고 싶거든
그냥 그리워하라.

슬프거든
그냥 울어라.

헤어지려거든
그냥 떠나라.

좋아하거든
그냥 사랑하라.

숨을 들이쉬듯이
숨을 내쉬듯이.

그대의 얼굴

눈부신 태양 아래서
그대의 얼굴을 보았습니다.

그대의 얼굴에서
태양보다 더 뜨거운
사랑의 불꽃을 보았습니다.

그 사랑은
홀로 애처롭게
활활 타오르고 있었습니다.

그림자

넌
왜 자꾸
내 뒤를
졸졸 따라다니니.

내가 걸으면
따라 걷고

내가 뛰면
따라 뛰잖니.

그래도
네가 있어
외롭진 않아.

너는 천사였다

너는 천사였다.
적어도 내게는 그랬다.

내가 지치고 힘들 때

환하게 미소 지으며
내게로 다가온 천사였다.

하지만 내 곁을 떠난 것도 너였다.

너는 분명히 알고 있었다.

이별이 고통이라는 걸.
죽음보다 더한.

그렇다.

어떻게든 세월은 흘러갈 것이다.
모든 게 지금과는 사뭇 달라질 것이다.
언젠가는 또다시 사랑이 찾아올 것이다.

그렇다 하더라도

빛바랜 추억을 곱씹으며
상실의 무게에 짓눌린 채
나는 다만 버둥거려야 한다.

지상의 향연이 모두 끝난 지금,
천사의 날개는 어디에도 보이지 않는다.

나쁜 놈

난 정말 나쁜 놈인가 봐.

말하다 안 되면 화내고
다투다 안 되면 울렸어.

그러다 안 되면 달래고
그래도 안 되면 빌었어.

잘못했다고
다시는 안 그러겠다고,

또 그러면 정말 나쁜 놈이라고.

근데 또 그랬어.
난 정말 나쁜 놈이야.

앞으로 또 그럴 거 같아.
그래, 난 정말 나쁜 놈인가 봐.

사람이 사랑이다

흔하디흔한 사랑은 싫다.

눈먼 사랑도 싫다.
불타는 사랑도 싫다.

스쳐지나가는 사랑은 더더욱 싫다.

사랑 때문에
누군가를 미워하고
마음 아파하는 것도 싫다.

사람이 사랑이다.

사랑니

사랑니는
참 앙증맞다.

뾰족한 송곳니가
어찌나 무서운지
어금니 뒤에
꼭 숨어 있다.

그러고는
삐죽 고개를 내밀고
주변을 살핀다.

도대체
누굴 만나고 싶어
저리 안달이 난 걸까.

사랑으로 새롭게 태어나다

사랑은
살아 있는 모든 것에
새로운 의미를 부여한다.

사랑하는 사람은
다시금 새롭게 태어난다.

마치
허물을 벗듯이
탈바꿈하듯이.

그리하여
새로운 생명으로
거듭나는 것이다.

사랑이여 오라

사랑이여 오라.
물밀듯이 오라.

내 기꺼이
그대 품에 잠기리라.

그러니
잠시 숨을 쉬게 해다오.

질식하지 않게
심장이 멎지 않게.

그리하여
아주 깊은 곳에서
은밀한 사랑을
마음껏 즐길 수 있게.

사랑에 빠져
더는 헤어나지 못하게.

사랑 마저 닮아가고 있네요

초판인쇄   2015년 12월 18일
초판발행   2015년 12월 22일

지은이   **김 이 섭**
펴낸이   **이 혜 숙**   펴낸곳   **신세림출판사**
등록일   **1991년 12월 24일 제2-1298호**

04559 서울시 중구 창경궁로 6, 702호 (충무로5가, 부성빌딩)
전화 **02-2264-1972**   팩스 **02-2264-1973**
E-mail : shinselim72@hanmail.net

정가 **10,000원**

ISBN 978-89-5800-161-4, 03810